VENTE

Des 12 et 13 Mai 1903

HOTEL DROUOT, SALLE N° 11

à deux heures

Exposition publique, le Lundi 11 Mai 1903

de 1 h. 1/2 à 5 h. 1/2

Succession de M. O...

TABLEAUX MODERNES

DESSINS ET GRAVURES

MEUBLES ET OBJETS D'ART

ARGENTERIE

LIVRES

COMMISSAIRE-PRISEUR

Mᵉ ÉMILE BOUDIN

102, rue de Richelieu

EXPERTS

MM. PAULME et B. LASQUIN FILS

10, rue Chauchat | 12, rue Laffitte

CATALOGUE

DE

TABLEAUX MODERNES

PAR OU ATTRIBUÉS A :

BEAUQUESNE, BERTIN VICTOR, BILLET, CH. BOMBLED, V. BOUTET,
BRULOFF, CARRÉ-SOUBIRAN, CHARLET, CHÉRÉMETEFF,
G. COURBET, DIAZ, DURAND BRAGER, DUVIEU, M. ERAUD, FAIVRE-DUFFER,
FERRER, FORÊT, GÉRICAULT, GIRAUDET, GITTARD, GOURDON,
GONZALEZ, GUINET, HYON, JEBSATTED, KUWASSEG, JULES NOEL, PICHARD,
LOUIS POINCY, RUZÉ, SAUVAGE, TCHOUMAKOFF,
VERBOEKHOVEN, VIGÉ, VUILLEFROY, WALKER, WILLENICH, ETC.

DESSINS, PASTELS, GRAVURES

ANCIENS ET MODERNES

MEUBLES ET SIÈGES

Objets divers — Livres — Tentures — Tapis

ARGENTERIE

Provenant de la Succession de M. O...

DONT LA VENTE AURA LIEU, A PARIS

HOTEL DROUOT, SALLE N° 11

Les Mardi 12 et Mercredi 13 Mai 1903

à deux heures

<table>
<tr><td>COMMISSAIRE-PRISEUR</td><td>EXPERTS</td></tr>
<tr><td>Me ÉMILE BOUDIN</td><td>MM. PAULME et LASQUIN FILS</td></tr>
<tr><td>102, rue de Richelieu, 102</td><td>10, rue Chauchat | 12, rue Laffitte
Téléph. 259-65   Télép. 317-74</td></tr>
</table>

Chez lesquels on délivre le Catalogue

EXPOSITION PUBLIQUE, SALLE N° 11
Le Lundi 11 Mai 1903, de 1 h. 1/2 à 5 h. 1/2

CONDITIONS DE LA VENTE

La vente sera faite au comptant.

Les acquéreurs payeront *dix pour cent* en sus des prix d'adjudication.

L'exposition mettant le public à même de se rendre compte de l'état et de la nature des objets, il ne sera admis aucune réclamation une fois l'adjudication prononcée.

Paris.— Imp. de l'Art, E. Moreau et Cⁱᵉ, 41, rue de la Victoire.

DÉSIGNATION

TABLEAUX

ANCIENS ET MODERNES

DESSINS, GRAVURES

BEAUQUESNE

1 — *La Défense du Drapeau des Guides; épisode de la guerre de 1870.*

> Important tableau.
> Toile.
> Signée et datée 1885.

BERTIN-VICTOR

2 — *Vue de l'Élysée-Bourbon, en 1814.*

> Habité par l'empereur de Russie, après la prise de Paris par lui et le roi de Prusse.
> Toile marouflée sur carton.

BILLET

3 — *Bachi-Bouzouck.*
    Panneau.

BOMBLED (Ch.)

4 — *Reconnaissance de cavalerie.*
    Panneau.

BOUTET (V.)

5 — *Mésanges.*
    Panneau.

BRULOFF

6 — *Mireille.*
    Toile.
    Signée.

CARRÉ-SOUBIRAN
(DEUX PENDANTS)

7 — *Voyageurs russes en traineaux, attaqués par des loups, et Paysans russes.*
    Toiles.
    Signées.

CARRÉ-SOUBIRAN

8 — *Noël en Russie.*
    Toile.

CARRÉ-SOUBIRAN

9 — *Jeunes Filles russes en prière.*
    Toile.
    Signée

CHARLET

10 — *Vieux Soldats.*
    Aquarelle.

CHÉRÉMETEFF

11 — *Cheval blanc à l'écurie.*
    Toile.
    Signée.

COURBET (Attribué à)

12 — *Rochers au bord d'une rivière.*
    Toile.
    Signée.

DIAZ

13 — *Bouquet de Fleurs.*

DURAND-BRAGER

14 — *Marine: Tempête en mer.*
    Panneau.

DUVIEU

15 — *La Place Saint-Marc à Venise.*
> Panneau.

DUVIEU

16 — *Caravane dans le désert.*
> Panneau.

DUVIEU

17 — *Vue de Venise.*

ERAUD (Marius)
(DEUX PENDANTS)

18 — *Marines : Barques en pleine mer.*
> Panneau.
> Signé et daté 1875.

FAIVRE-DUFFER

19 — *Portrait d'une Fillette habillée d'une robe blanche ornée d'un ruban bleu.*
> Panneau.
> Signé.

FAIVRE-DUFFER

20 — *Portrait d'un Garçonnet.*
> Fait pendant au précédent.
> Panneau.
> Signé.

FAIVRE-DUFFER

21 — *Portrait d'une Femme italienne.*

>Toile.
>Signée et datée 1873.

FAIVRE-DUFFER

22 — « *Inutilior super est.* »

>Toile.
>Signée et datée 1878.

FERRER

23 — *La Lecture.*

>Toile.
>Signée et datée 1876.

FORET (P.)

24 — *Nature morte.*

>Coupe en bronze doré, posée sur une table recouverte d'un tapis vert, contenant de nombreux fruits qu'un perroquet s'apprête à manger. Sur la table, auprès de la coupe, un grand verre en cristal, des oranges et des fleurs.

GÉRICAULT (Attribué à)

25 — *Cavalier attaqué par un lion.*

>Dessin au crayon, rehaussé de blanc.

GIRAUDET

26 — *Portrait d'un Général.*
  Dessin au crayon.

GITTARD (A.)

27 — *Paysage, coucher de soleil.*
  Panneau.

GITTARD (A.)

28 — *Paysage, effet de soleil couchant.*

GITTARD

29 — *Paysage, matinée de printemps.*

GOURDON

30 — *Mare de la forêt de Fontainebleau.*
  Bois.
  Signé.

GOURDON

31 — *Forêt de Fontainebleau.*
  Pendant du précédent.

GONZALEZ

32 — *Les Amateurs.*

GONZALEZ

33 — *Scène d'intérieur espagnol.*

GUINET

34 — *Homme d'arme.*
Toile.
Signée.

HYON

35 — *Prise d'une barricade par des chasseurs à pied.*

INCONNU

36 — *Portrait du roi Charles X.*
Toile.

JEBSATTED

37 — *Portrait d'un jeune Italien coiffé d'un chapeau de feutre.*
Pastel.

KUWASSEG

38 — *Roches du Tyrol auprès desquelles coule un torent.*
Toile.
Signée et datée 1880.

NOEL (Jules)

39 — *Entrée du port de Marseille. — Vue d'un port.*

> Deux gouaches.
> Signées.

OTTAVIO LEONI-PADUANINO (Attribué à)
(1575-1630)

40 — *Portrait d'Homme.*

> Dessin.

PICHARD

41 — *Cavalier arabe dans un oasis.*

> Panneau.

POMEY (Louis)

42 — *Portrait d'une Jeune Fille turque.*

RUZE

43 — *Turco et Franc-tireur.*

> Deux aquarelles.
> Signées et datées 1877.

SAUVAGE
(DEUX PENDANTS)

44 — *Natures mortes.*

TCHOUMAKOFF

45 — *Portrait d'une Jeune Femme, la tête enveloppée d'une mantille noire.*

TCHOUMAKOFF

46 — *Portrait d'une Jeune Fille blonde, coiffée
d'un bonnet blanc avec ruban bleu.*

Panneau.
Signé.

47 — *Portrait d'une Jeune Fille brune, la tête
enveloppée d'un fichu de laine grise.*

TCHOUMAKOFF

48 — *Portrait d'une Jeune Fille italienne.*

Pastel.

TCHOUMAKOFF

49 — *Portrait d'une Jeune Femme orientale.*

Bois.

TCHOUMAKOFF

50 — *Portrait d'une Jeune Fille russe, drapée
d'un manteau noir.*

Toile.
Signée.

TCHOUMAKOFF

51 — *Portrait de Jeune Femme avec corsage
blanc.*

> Panneau.

52 — *Portrait de Jeune Femme, le cou entouré
d'un riche collier de perles.*

> Toile.

TCHOUMAKOFF

53 — *Portrait d'une Jeune Mariée russe.*

TCHOUMAKOFF

54 — *Le Christ en croix.*

VAN DICK (D'après)

55 — *Portrait d'Homme, habit à collerette
blanche.*

VERBŒKHOVEN

56 — *Tête de taureau.*

> Panneau.

VIGÉ

57 — *Jeune Femme en riche costume de l'époque
Empire, se coiffant devant une psyché.*

VUILLEFROY

58 — *Attelage de bœufs revenant du labourage.*

WALKER

59 — *Chiens de chasse.*

Bois.
Signé et daté 1876.

WILLENICH

60 — *La Tour de Léandre à Constantinople.*

Toile.
Signée et datée 1877.

WILLENICH

61 — *Pointe de Scutari, prise de Arnaont Keny,*
Constantinople.

Daté et signé 1874.

ÉCOLE FRANÇAISE (xviiie siècle).

62 — *Portrait d'un Musicien vêtu d'un habit*
rouge.

Pastel.

ÉCOLE ITALIENNE

63 — *Tête de Vierge.*

ÉCOLE BYZANTINE

64 — *Deux têtes de Vierges.*

    Panneau.

ÉCOLE MODERNE

65 — *Copie d'un tableau de maître.*

ÉCOLE MODERNE

66 — *Portrait d'Homme.*

    Peint sur papier (sous verre).

ÉCOLE MODERNE

67 — *Oies dans une mare.*

    Panneaux.

ÉCOLE MODERNE

68 — *Vue du Bassin Henri IV, à Paris.*

    Panneau.

ÉCOLE MODERNE

69 — *Portraits de Catherine de Russie et de Pierre-le-Grand.*

    Deux pendants.

70 — *Portrait de Pierre-le-Grand.*
    Pastel.

71 — *Portrait de Catherine II de Russie.*
    Pastel.

72 — *Saint-Georges terrassant le Dragon.*
    Peinture dans un cadre en bois sculpté et peint.

73 — *Sujet religieux.*
    Cadre en bois sculpté et doré.

74 — *Alexandre Ier et son État-Major.*
    Gravure en couleurs.

75 — Huit gravures encadrées.

76 — Un lot de gravures, lithographies russes, et de l'École Française, Photographies, etc...

ARGENTERIE

77 — Sucrier Louis XVI.

78 — Saucière.

79 — Ecuelle Louis XV.

80 — Petit plateau ovale.

81 — Boîte à sucre.

82 — Cafetière Empire.

83 — Plat ovale.

84 — Écuelle et son plat.

85 — Argenterie de table et métal.

MEUBLES ET SIÈGES

86 — Bureau à cylindre, de l'époque Louis XVI, en acajou moucheté, orné de filets de cuivre ; dessus de marbre blanc et galerie ajourée en cuivre.

87 — Meuble d'entre-deux en marqueterie genre Boulle, orné de bronzes dorés. Dessus de marbre.

88 — Meubles de chambre à coucher en palissandre et en acajou (lits, armoires à glace, tables de nuit).

89 — Guéridon à trépied en bronze doré, dessus en malachite.

90 — Une table-guéridon en marqueterie de cuivre et d'écaille ornée de bronzes dorés.

91 — Bibliothèque en palissandre, à deux corps.

92 — Petite table à jeu, de style Louis XV, en bois de marqueterie, ornée de bronze doré.

93 — Guéridon à trépied, dessus en mosaïque de Florence ; il est orné de bronzes dorés.

94 — Une salle à manger en chêne sculpté.

95 — Meubles de salon, composés de six fauteuils, chaises et un canapé, en palissandre et velours rouge.

96 — Deux fauteuils, à haut dossier, en bois sculpté. Époque Renaissance.

97 — Meubles divers.

98 — Glaces.

OBJETS DIVERS

99 — Deux vases en porcelaine de Sèvres, avec couvercles ; décor de personnages dans des médaillons en réserve sur fond gros bleu.

100 — Pot à lait en porcelaine genre Saxe.

101 — Bénitier en argent, appliqué sur du velours bleu, dans un cadre de bois sculpté et doré.

102 — Médaillon en bronze, portrait d'Henri IV.

103 — La Mise au tombeau, bas-relief en cuivre doré.

104 — Bénitier en argent repoussé.

105 — Croix processionnelle byzantine en cuivre doré.

106 — Deux chenets en cuivre Louis XIII.

107 — Christ en ivoire du xviiᵉ siècle.

108 — Deux paires de chenets, style Louis XVI.

109 — Paire de flambeaux, de style Louis XVI, en bronze doré.

110 — Christ en bronze patiné.

111 — Statuette de Vénus en bronze; sur socle en marbre blanc orné de bronzes dorés de style Louis XVI. *De la maison Julien.*

112 — Triptyque russe ancien en cuivre émaillé.

113 — Descente de croix; haut-relief en bois sculpté.

114 — Saint Pierre, médaillon en marbre dans un cadre en bois sculpté.

115 — Saint Michel terrassant le Démon. Statuette en bronze doré, par Frémiet. Édité par *Thiébaut*.

116 — Chien épagneul tenant une perdrix, bronze par Pautrot.

117 — Pendule-régulateur-cage.

118 — Pendule en marqueterie de cuivre et d'écaille, de style Louis XIV.

119 — Quatre lampes en porcelaine.

120 — Cave à liqueurs en ébène, ornée de médaillons en faïence.

121 — Lot de cannes à épées.

122 — Lot de nombreux objets divers.

123 — Tapis et tentures.

LIVRES

124 — Œuvres de Buffon, Thiers, etc.